AF219118

MOLLY O'MARA

Die Spiele des

OLIGARCHEN

Impressum

Bibliografische Information der Deutschen Nationalbibliothek:
Die Deutsche Nationalbibliothek verzeichnet diese Publikation in der Deutschen Nationalbibliografie; detaillierte bibliografische Daten sind im Internet über http://dnb.dnb.de abrufbar.

© 2021 Molly O' Mara

Cover: SelfPubBookCovers.com/ kristenart

Herstellung und Verlag: BoD – Books on Demand, Norderstedt

ISBN: 978-375 430 1852

DIE BETEILIGTEN

Katja, das Mädchen vom Land

Valentina, die Journalistin

Natalia, das Freudenmädchen

Maxim Orlow, der Smarte

Victor Medwedew, der Bär

Andrej Sorokin, der Oligarch

ANDREJ

Er lehnte am Fensterrahmen und blickte auf die Einfahrt, die Zigarette in der Hand. Ein vierstöckiger Brunnen aus Marmor mit goldenen Wasserspeiern, ein Weg, gesäumt von irgendwelchen Büschen. Er kannte sich da nicht aus. Sascha, sein zotteliger Kater mit den vielen Narben, sprang auf das Fensterbrett und rieb seinen Kopf an seinem Arm. Gedankenverloren strich Andrej ihm durch das lange graue Fell. Langsam blies er den Rauch aus und nahm einen neuen Zug. Eine schwarze Limousine fuhr durch das schmiedeeiserne Eingangstor, den Weg hinauf. Sie hielt vor der Eingangstreppe. Die Damen kamen an. Igor stieg aus und öffnete die hintere Tür des Autos, Igor, sein persönlicher Zuhälter. Denn mehr war er nicht, auch wenn er den besten Escort-Service der Stadt leitete. In Andrejs Namen, denn ihm, Andrej Sorokin, gehörte dieses Edel-Bordell. So wie einige andere Etablissements auch. Eine nach der anderen stieg aus. Die erste sah sich um, ohne Scheu. Ihre langen roten Haare fielen ihr über die Schulter. Sie trug einen Mantel aus dunklem Pelz. Ellenlange Beine steckten in schwarzen High Heels. Doch auch die zweite war nicht zu verachten. Blonde, schulterlange Haare. Eine kurze schwarze Jacke aus Leder, ein roter Rock, der ihr nur wenig über die Knie reichte. Auch sie blickte sich um, musterte die Fensterreihe. Unwillkürlich trat Andrej einen Schritt zurück. Ihr Blick wanderte weiter. Andrej trat wieder vor. Was war denn das für eine blonde Hexe? Vom Fenster zurücktreten wegen so einer? Das passierte ihm doch sonst nie. Die dritte blickte zu Boden und hatte die Kapuze ihres Mantels über ihren Kopf gezogen. Er konnte ihr Gesicht nicht erkennen. Ihren dunklen Mantel zog sie fest um sich. Erst als sie ihren Kopf bewegte, bemerkte Andrej ihren geflochtenen Zopf, der aus der Kappe heraus hing. Schwer und dick lag er ihr auf der Brust. Bay! Diesen Zopf öffnen, die Hände in diesen Haaren versenken. Sie war wohl doch nicht das graue Mäuschen, für das er sie auf den ersten Blick gehalten hatte. Nun, sonst hätte Igor sie auch nicht ausgewählt. Igor würde sich hüten, ihm irgendwelche unwillige oder hässliche Frauen zu bringen. Er zündete sich eine neue Zigarette an.

VALENTINA

Hier wohnte er also. In diesem ehemaligen Jagdschloss eines Adeligen, eine halbe Stunde Autofahrt von St. Petersburg entfernt. Valentina stieg aus dem Auto und blickte auf das Schlösschen: gelb gestrichen, mit weißen Sprossenfenstern, einer breiten Eingangstreppe und goldenen Griffen an der dunklen Tür. Golden war auch die Kuppel des Türmchens über dem Eingangsportal. Wo hätte dieser skrupellose Andrej Sorokin denn auch sonst wohnen sollen? Russland mochte eine Revolution hinter sich haben, doch im Grunde hatte sich nichts geändert. Ob Zar oder Präsident, was war denn schon der Unterschied? Sie herrschten unerbittlich, unterdrückten das Volk und ließen keine andere Meinung neben ihrer eigenen zu. Und Männer wie dieser Sorokin unterstützten sie dabei, wie damals die Adeligen den Zaren. Bestechungsgelder flossen und beide

Seiten bereicherten sich. All die, die eigentlich dem Staat dienen sollten, allen voran der Präsident. Hinter vorgehaltener Hand erzählte man sich, dass so mancher Politiker von einer Kabinettssitzung direkt zum Mafia-Treffen ging. Sorokin erhielt für gutes Geld einen Auftrag nach dem anderen. Bauprojekte, Schürfrechte im Ural und dann noch die Straffreiheit für all die anderen Geschäfte, für die er eigentlich hinter Gitter gehörte. Menschenhandel, um nur das Offensichtlichste zu nennen. Er war in der Halb- und Unterwelt St. Petersburgs aufgewachsen und hatte sich nach oben gearbeitet. Dann würde er ganz sicher nicht jetzt mit diesen einträglichen Geschäften aufhören. Valentina hatte bereits zwei Ordner mit Informationen über Andrej Sorokin in ihrem Versteck. Doch sie benötigte noch mehr Beweise, ehe sie einen weiteren Artikel über seine Machenschaften ver- öffentlichen konnte. Und in der heutigen Nacht würde sie sich diese beschaffen, auch wenn sie mit ihm dafür ins Bett musste. Sie hatte herausgefunden, dass dieser Igor regelmäßig Prostituierte zu Andrej brachte. Zugegeben, sie hatte ihn bestechen müssen, sich auf dieselbe Stufe mit diesem Andrej gestellt. Aber für die Wahrheit war kein Preis zu hoch.

NATALIA

Natalia ging hinter Igor ins Haus, Katja, das Mauerblümchen und diese Neue, die erst heute aufgetaucht war, folgten ihnen. Diese Neue glaubte wohl, sie sei etwas Besonderes. Hatte sich auf der ganzen Fahrt schon abseits gehalten. Dabei sah sie eher gewöhnlich aus. So eine wie die gab es hundertfach. Nun, irgendwelche Qualitäten musste sie wohl haben, sonst hätte Igor sie nicht mitgenommen. Zu den Hausbesuchen, wie sie es nannten, durften nur die besten Ladys mit. Natalia ließ den Blick durch den Gang schweifen. Bay! Sie war schon in vielen Häusern von diesen reichen Böcken gewesen. So etwas hatte sie noch nie gesehen. Doch, bei ihren Besuchen in Peterhof, im Katharinenpalast, in all den prächtigen Schlössern. Damals, als sie noch ein Kind gewesen war, hatte ihre Babutschka sie in die

Museen mitgenommen. Igor hielt vor einer Tür und riss sie damit aus ihren Träumen. Fast wäre sie in ihn hineingelaufen.

»Hier, da drinnen könnt ihr euch waschen und umziehen. Andrej wünscht Damen als Gesellschaft, keine Huren.« Igor grinste. Dieser schmierige Lump, der sich sonst etwas einbildete. Der war ganz sicher nicht mit dem reichen und mächtigen Andrej Sorokin, der selbst mit dem Präsidenten befreundet war, per Du. Sie blieb an der Türe stehen und wartete, bis Katja und die Neue, die sich als Maruschka vorgestellt hatte, eingetreten waren. Dann folgte sie ihnen und schlug Igor die Tür vor der Nase zu.

KATJA

Sie wagte endlich, aufzublicken. Natalia konnte sie nicht leiden. Sie hielt Katja für dumm und schwach, das zeigten ihre Blicke mehr als deutlich. Und wahrscheinlich hatte sie recht. Katja wünschte sich, ein wenig mehr wie Natalia zu sein. So mutig und selbstbewusst.

Wie sie eben Igor vor die Tür gesetzt hatte, das würde Katja nie wagen. Sie hatte Angst vor ihrem Vermittler. Und auch wenn Natalia sie nicht leiden konnte, in ihrer Nähe fühlte sich Katja sicher. Sie schlug die Mütze ihres Mantels zurück und sah sich um. Wie in einem Kaufhaus sah es in dem Raum aus. Überall standen Kleiderständer, behängt mit Kleidern und Dessous. Langsam ging sie zu einem hin und strich über den Stoff eines schwarzen Negligés. Weiche Seide. All diese Kleidungsstücke waren edel und sicherlich sehr teuer. Und sie durfte sich aussuchen, was sie wollte. Andrej Sorokin wollte das so, hatte Igor gesagt. Sie nahm das Negligé vom Haken. Hoffentlich passte es ihr. Sie würde es gerne tragen, aber ihre Hüften waren so breit. Sie verstand selbst nicht, warum Männer bereit waren, für sie zu zahlen. Aber Hauptsache, sie taten es.

»Bay!« Natalia hatte eine der Türen geöffnet und blickte in den Nebenraum. »Da können wir uns vor unserem Auftritt ja noch einmal richtig entspannen.« Katja trat neben sie. Und blickte in ein Badezimmer.

»Oh ...« Ihr blieb die Sprache weg. War das alles Marmor? Die Wanne war bestimmt doppelt so groß wie eine normale. Eine Dusche mit verschiedenen Düsen. Die Armaturen allesamt golden. Natalia trat ein und begann, sich auszuziehen.

»Ui, so ein schönes Bad!« Die Neue, Maruschka, hatte eine weitere Tür geöffnet. Ob die weiteren beiden Türen ebenfalls zu Bädern führen würden? Ja, taten sie. Katja trat in einen Traum aus rosa Marmor, weiß und gold.

VALENTINA

Valentina erhob sich aus der Wanne und hüllte sich in die weichen Tücher. Ein wenig angespannt lief sie im Badezimmer hin und her, während sie sich abtrocknete. Auf was hatte sie sich nur eingelassen? Vor einem Regal, auf dem verschiedene Fläschchen und Tuben standen, blieb sie stehen. Sie öffnete einige und schnupperte daran. Welcher Duft war für so einen Anlass wohl am besten geeignet? Unwillig schüttelte sie den Kopf, nahm wahllos eine Tube und pflegte ihre Haut mit dem duftenden Öl, schminkte sich auffälliger als sonst und steckte ihre Haare hoch. Es musste sein! Monatelang war sie schon hinter ihm her. Es hatte Wochen gedauert, bis sie Zugang zu diesem Etablissement gefunden hatte. Das Etablissement, von dem er immer seine Mädchen zu sich holte. Und heute würde sie zu ihm gehen. Wenn sie mit ihm schlafen musste, dann musste es eben so sein.

Eine Viertelstunde später waren sie bereit. Sie hatten auf weichen Sesseln Platz genommen und warteten. Endlich trat Igor ein und führte sie nach oben.

MAXIM

Sie standen im großen Saal, umarmten sich und begrüßten sich mit brüderlichem Kuss.

»Sdorówo!« Maxim folgte Andrej in den roten Salon. Er schaute ein wenig sorgenvoll. Sein Freund roch schon wieder nach Wodka.

Ganz fein nur, kaum merklich. Andere merkten es Andrej nie an. Doch Maxim kannte ihn schon lange genug. Und er kannte ihn gut.

Viktor saß bereits am Tisch, als Maxim eintrat. Er erhob sich und sie begrüßten sich ebenfalls mit einer festen Umarmung. Dann setzten sie sich. Maxims Blick fiel auf das Sofa und die Damen, die darauf Platz genommen hatten. Leise pfiff er. Da hatte sich Andrej wieder hübsche Häschen kommen lassen. Diese Blonde … Er musterte sie ein wenig genauer.

»Da schau an ...« Er grinste breit, griff nach einem der bereitgestellten Blini mit Lachs und ließ es sich genüsslich auf der Zunge zergehen. Andrej mischte die Karten und teilte aus.

»Wer gewinnt, darf sich als Erster eine aussuchen.« Maxim nahm die Karten auf und ordnete sie. Über den Rand der Karten hinweg grinste er zu der Blonden hin. Beim Pokern steckte er alle in die Tasche.

VALENTINA

Er starrte sie dauernd an, mit seinen blauen Augen. So durchdringend. Sie konnte sie selbst hier auf dem Sofa erkennen. Diese blauen Augen, diese dichten, schwarzen Augenbrauen, dieser Mund, der sich gerade zu einem spöttischen Lächeln verzog. Schnell schaute sie weg. Maxim Orlow war ein noch größerer Verbrecher als Andrej. Und jetzt schien er sich auch noch über sie lustig zu machen! Wenn sie nur wüsste, wohin sie schauen sollte? Ihr Blick blieb schließlich an einem der Bilder hängen. Ein Mann in Uniform, hoch zu Ross, den gezogenen Degen in die Luft reckend. Passend zu diesen Machos. Dass sie, Valentina, und die anderen beiden hier sitzen mussten, während die Herren sich amüsierten, war doch auch nur, damit die Kerle etwas zu glotzen hatten. Sie nahm sich einen Blini mit Sahne und Kaviar, spülte ihn mit Sekt hinunter. Wenn sie schon hier war, dann konnte sie Sorokin auch ausnutzen.

NATALIA

Sie nippte am roten Sekt. Andrej Sorokin, Multimillionär, Oligarch, der sich aus der Gosse hochgearbeitet hatte und der in der Halbwelt St. Petersburgs kein Unbekannter war. Der Club, in dem sie arbeitete, gehörte ihm. Ein Goldesel. Er war Mitte 40, etwa doppelt so alt wie sie selbst. Dennoch, er sah nicht schlecht aus. Vor allem im Vergleich zu den alten Säcken, die sie sonst immer unter sich hatte. Eine willkommene Abwechslung. Was die drei Männer wohl mit ihnen vorhatten? Noch spielten sie Karten. Katja saß in der Ecke des Sofas und hatte die Arme vor der Brust verschränkt, nervös wie immer. Die Neue bediente sich fleißig an den bereitgestellten Platten mit Feinkost. Entweder war sie ausgehungert oder sie versuchte, ihre Nervosität zu überdecken. Maxim Orlow legte seine Karten auf den Tisch und grinste.

MAXIM

»Meine Herrn, ich decke auf!« Maxim breitete seine auf der Hand verbliebenen Karten vor sich auf dem Tisch aus. Viktor stöhnte, Andrej warf seine Karten auf den Tisch.

»Du bist mir unheimlich, Maxim! So viel Glück kann keiner haben.« Maxim lachte.

»Ich mag dich auch, mein Freund! Aber das ist kein Glück, das ist Können.« Er stand auf und ging hinüber zum Sofa. Vor der Blonden blieb er stehen und streckte die Hand nach ihr aus. »Komm mit!«

VALENTINA

Sie stand auf und ließ sich von ihm mitziehen. Moment! Irgendetwas lief hier gründlich schief! Sie wollte Andrej Sorokin ausspionieren und nicht mit seiner rechten Hand ins Bett steigen. Aber sie konnte nicht zurück. Sie konnte nicht protestieren, sonst würde alles auffliegen. Und wer weiß, was die drei Kerle dann mit ihr machen würden.

Dieser Maxim zog sie in ein Zimmer. Weiche Teppiche, alte Möbel, in der Mitte ein Himmelbett. Ein riesiges Himmelbett. Durch die Fenster konnte sie in der Ferne die Lichter der Stadt erkennen. Hinter ihr fiel die Tür ins Schloss, Maxim knipste einen Schalter an. Lichterketten, die um die Säulen des Bettes und über den Himmel geschlungen waren, leuchteten in einem warmen, gelben Ton auf.

»Ich weiß nicht, wie es dir geht, aber ich traue mich immer noch nicht, mit Schuhen auf diese Teppiche zu treten.« Er kickte seine Schuhe in eine Ecke. Vermutlich wollte er lässig wirken, dieser Schmock. Mit einem schiefen Lächeln starrte er sie an. Was erwartete er von ihr? Dass sie die Schuhe ebenfalls auszog? Nun, es schadete nicht, wenn sie diese Zehn-Zentimeter-Absätze endlich los wurde. Sie zog sie aus. Doch er stand ihr immer noch gegenüber und schaute sie mit diesem verschmitzten Lächeln an. Plötzlich beugte er sich ein wenig nach vorn und hob sie einfach auf seine Arme.

»Heee! Was soll das?« Er lachte nur, ließ sich auf das Bett plumpsen und hielt sie auf seinem Schoß fest.

»Du bist süß!« Kurz küsste er ihre Nase. Dann sah er ihr in die Augen. Lange. Mit diesen blauen Eiskristallen. Wie eine Schlange das Kaninchen. Valentina konnte nicht wegschauen. Sie konnte auch kaum denken. Maxim Orlow. Es gab Frauen, die hinter ihm her waren. Jede Menge Frauen. Die ihn anhimmelten, auch wenn sein Ruf nicht der Beste war. Vielleicht gerade deswegen. Es gab ja Frauen, die so etwas »verrucht« nannten und anziehend fanden. Sie gehörte nicht zu diesen albernen Weibern. Und dennoch ... Orlow … war nicht ein Orlow der Geliebte von Katharina der Großen gewesen? Richtig, Gregorij Orlow, ein Offizier aus niederem Adel, der unter der mächtigen Zarin eine unvergleichliche Karriere gemacht hatte. Ob er ein Vorfahr dieses Maxims gewesen war? Valentina würde sich nicht wundern. Bei diesem Blick würde selbst eine Zarin schwach werden. Andrej Sorokin, ja, der war skrupellos und brutal. Und man sah es ihm an.

Dieser Gregorij … Maxim … verdammt, dieser Ganove machte sie völlig meschugge! Sie schaute zur Seite. Nur nicht in diese Augen blicken, die in dem gedämpften Licht wie zwei frostblaue Brillanten leuchteten und doch nicht kalt wirkten. Nicht auf dieses Lächeln achten, das ihn wie ein Engel wirken ließ. Er war alles andere als das. Sie wusste es, auch wenn er es noch so gut unter seiner Maske verbarg. Maxim Orlow, der Adler, war ein gefährliches Raubtier. Er war die rechte Hand Sorokins, sein Berater, ein Mann von der Sorte, die sich nie die Hände selbst schmutzig machten, aber eiskalt den Befehl gaben, den Gegner ins Unglück zu stürzen oder das Leben eines anderen zu beenden.

»Wollen wir doch einmal sehen, welche Schätze sich darunter verbergen.« Er streifte mit seinen Lippen über ihre Wangen, ihren Mund, ihren Hals, während er ihre Bluse aufknöpfte. Sie versteifte sich. Aber wehren konnte sie sich nicht. Sie hatte sich das selbst eingebrockt, das wusste sie. Sie musste ihn ertragen, wenn sie sich nicht verraten wollte. Er ließ schließlich von ihr ab und streifte ihr die Bluse von den Schultern. Einige Augenblicke verharrte er und starrte sie an.

»Dein Körper ist definitiv zu schade für Sibirien!« Er öffnete ihren BH und streifte auch ihn ab. »Das sind außer Zweifel die schönsten Brüste, die ich jemals gesehen habe. Und glaube mir, ich habe schon viele gesehen, Valentina.«

»Was?« Woher wusste er ihren Namen? Hatte Igor sie verraten? Sie hatte sich doch als Maruschka vorgestellt.

»Glaubst du wirklich, du könntest mich täuschen, Valentina Kalinina? Ich habe dich sofort erkannt, meine liebe kleine Journalistin. Ich kenne meine Gegner.« Er stand auf und legte sie in die weichen Kissen. »Aber habe keine Angst, ich werde dir nichts tun. Wie gesagt, dein Körper ist viel zu schade für Sibirien.« Dann legte er sich ebenfalls ins Bett und beugte sich über sie. Was geschah hier? Noch ehe Valentina alles richtig begriff, küsste er ihr Dekolletee, ihre Brüste. Sie konnte nicht fliehen. Und sie war so verwirrt, dass sie gar nicht wusste, ob sie es wollte. Hätte sie doch nur nicht so viel Sekt getrunken. Sie stöhnte. Er ließ seine Hände über ihre Taille nach oben wandern und umfasste ihre Brüste, ganz leicht nur. Mit sanftem Druck strich er mit den Daumen von den Ansätzen nach oben, hin zu ihren Knospen.

»So schön!«, flüsterte er. Weiter massierte er sie. Ihre Knospen waren längst hart. Er beugte sich darüber, lutschte und saugte, erst links, dann rechts. »So lecker!«

»Mistkerl!« Ihr Atem wurde schneller.

Er schaute kurz auf und lächelte.

»Ja, das weißt du doch, meine kleine Journalistin.« An ihren Schenkeln entlang strich er, bis unter ihren Rock. »Und es wird noch besser.« Er packte den Saum ihrer Strumpfhose und zog sie mit einem Ruck herunter, warf sie achtlos auf den Boden. Instinktiv presste Valentina ihre Beine zusammen. Doch es nützte ihr nichts, seine Hand schob sich dazwischen. »Ja, was haben wir denn da? Ein feuchtes Höschen? Da müssen wir mal näher nachschauen.«

Mistkerl! Ja, er hatte es geschafft. Sie war feucht geworden. Musste er sie aber so deutlich auf ihre Schwäche hinweisen? Er öffnete den Knopf ihres Rockes, den Reißverschluss. Doch im Gegensatz zur Strumpfhose zog er ihn langsam nach unten, Zentimeter um Zentimeter, über ihre Hüfte, weiter, immer weiter. Mit gespreizten Fingern näherte er sich ihrem Schoß. Sie stöhnte erneut, als er mit seinen Fingern über die Innenseite ihrer Oberschenkel glitt. Sie konnte es einfach nicht unterdrücken. Dieser elende Schmock! Mehr und mehr entglitt er ihr Wille. »Tatsächlich, sie sind feucht. Die müssen sofort von dir runter, wir wollen ja nicht, dass du dich erkältest.« Valentina machte gar nicht erst den Versuch, sich zu wehren, als er den Tanga nach unten zog. Wie zufällig streifte er dabei mit einem seiner Finger ihren Spalt. Sie stieß einen kurzen Schrei aus. Er sah sie an und lächelte, während er ihr Höschen zur Seite warf.

»Gefällt dir das, meine kleine Journalistin? Du wirst dich aber noch ein wenig gedulden müssen.« Wieder beugte er sich über sie, strich von ihren Brüsten hinab zu ihrem Nabel. Dann zog er mit seinen Lippen diesen Weg nach, immer weiter und darüber hinaus, bis hinunter zu ihrem Schoß, mit dieser kaum spürbaren Berührung, wenig mehr als der Hauch seines warmen Atems. Stoßweise schnappte sie nach Luft. Er küsste die Innenseiten ihrer Schenkel, bewegte sich dabei mit seinen Lippen immer näher zu ihrem Schoß. Doch kurz bevor er ihn erreichte, richtete er sich auf. Auch er atmete rascher als noch vor wenigen Minuten. Sein Lächeln war verschwunden. Er zog sein Hemd über den Kopf und schleuderte es von sich. Sein Oberkörper ließ sie einen Moment mit dem Atmen innehalten. Sie konnte nicht anders, sie musste die Hand ausstrecken und ihn berühren. Feste, klar definierte Muskeln.

»Gleich, meine kleine Journalistin«, versprach er mit rauer Stimme. Er befreite sich von seiner Hose und angelte sich ein Kondom aus der Nachttisch-Schublade. Er würde ernst machen, er würde sie nehmen. Sie konnte sich nicht wehren. Sie wollte auch nicht. Er mochte ein Verbrecher sein, ein Mörder. Doch dieser dick angeschwollene Penis von ansehnlicher Länge versprach höchste Lust. Und konnte es ein Unrecht sein, das zu genießen? Er ließ sich wieder auf sie fallen. Sein harter Penis drückte gegen ihren Schoß, ihre empfindlichste Stelle, rieb bei jeder Bewegung daran. Wieder schrie sie auf. Noch einmal umschloss er mit seinen Lippen ihre linke Knospe, er saugte, spielte mit der Zunge, während seine Hand sich ihre andere Brust nahm. Fest, leidenschaftlich. Nicht so sanft wie vorhin. Und doch bereitete er ihr Lust. Sie wimmerte und schrie, presste ihr Becken gegen seinen Körper, wand sich unter ihm, krallte ihre Hände in die Laken. Wollte mehr. Unvermittelt ließ er von ihr ab und richtete sich ein wenig auf.

»Schwöre, dass du Andrej in Ruhe lässt!«, flüsterte er mit heiserer Stimme. Das Sprechen fiel ihm schwer.

»Was?« Sie schrie es hinaus.

»Mir platzt fast etwas in der Körpermitte, wenn ich dich nicht bekomme. Aber wenn du nicht schwörst, dass du Andrej nicht mehr mit deinen Artikeln verfolgst, stehe ich auf und tröste mich mit einer kalten Dusche!«

»Was?« Er wollte sie verhungern lassen? Einfach so? Hatte ihr Appetit gemacht und wollte sie am reich gedeckten Tisch verhungern lassen? Sie streckte die Arme aus und wollte nach seinem Hintern greifen, ihn zu sich ziehen. Doch er hielt ihre Hände fest, mit harter Hand.

»Schwöre!«

»Ja, ja, ich schwöre, du Mistkerl! Aber mach weiter!« Sie spreizte die Beine so weit es ihr möglich war. Mit einem Stöhnen beugte er sich erneut über sie und stieß in sie hinein.

NATALIA

Die beiden Männer hatten ein weiteres Spiel beendet. Andrej Sorokin stand auf. Natalia zweifelte nicht daran, dass er sie wählen würde. Katja, die immer noch mit gesenktem Blick in der Ecke des Sofas saß, hatte keine Chance gegen sie. Und wirklich, Andrej winkte zu Natalia hin, dass sie mitkommen solle.

Sie folgte ihm und lächelte, während er voraus ging, durch eine Tapetentür und schmucklose Gänge. Sie hatte schon von diesen Geheimgängen in alten Schlössern gehört, die von Dienstboten benutzt wurden. Oder von den Mätressen der hohen Herren. Welch passender Vergleich. Die Mätresse, die zu ihrem Liebhaber schlich, um ihn zu befriedigen und glücklich zu machen. Er öffnete eine weitere Tür. Bay! Sein Schlafzimmer. Zwischen den Fenstern ein Kingsize-Himmelbett mit geschnitzten Säulen. Rechts eine weitere Tür, zwei Sessel und ein runder Tisch, links ein riesiges, in die Wand eingelassenes Aquarium. Sein blau-weißes Licht war die einzige Lichtquelle in dem Raum. Weißer Sand und leuchtend bunte Fische. Sorokin stand hinter ihr. Sie drehte sich zu ihm um und griff nach seiner Hose. Einen unvergesslichen Abend wollte sie ihm bereiten.

»Hände weg!« Er stieß sie von sich und ließ sich auf einen der Sessel fallen. Unwillkürlich trat sie einen Schritt zurück. Ihr Lächeln verschwand. »Du kannst mir die Schuhe ausziehen«, sagte er weniger streng. Er brachte sogar ein Lächeln zustande. Sie nickte und kniete sich vor ihn hin. Schwarze Schuhe aus weichem Wildleder. Sie fühlten sich an wie Samt. Natalia blickte zu ihm auf, während sie zuerst die Schuhe von seinen Füßen streifte, dann die Strümpfe.

»So, und jetzt ziehe dich für mich aus.« Sie nickte und stand auf. Puh! Sie hatte ihn also nicht wirklich verärgert. Herausfordernd lächelte sie zu ihm hin, während sie den Reißverschluss ihres Cocktail-Kleides herunterzog. Langsam streifte sie einen Träger von ihrer Schulter, dann den anderen. Das Kleid glitt zu Boden, sie stand in ihren weinroten Dessous vor ihm: BH, Höschen, Strapse, an der Netzstrumpfhosen befestigt waren. Seinem Blick nach zu urteilen war Andrej zufrieden mit dem, was er sah. Natalia drehte sich um und streckte ihm ihren Po hin, ehe sie sich niederbeugte und die Schnallen ihrer Schuhe öffnete. Sie kickte die Schuhe zur Seite. Natalia hatte in ihrer

Kindheit und Jugend Ballettunterricht gehabt. Zur Ballerina hatte es nicht gereicht, aber die Herren konnte sie mit ihrem Tanz noch erfreuen. Ein Bein in die Höhe gereckt wendete sie sich wieder zu ihm um. Dabei befreite sie sich von einem Teil der Strumpfhose. Eine weitere spielerische Drehung, sie streckte das andere Bein aus. Der andere Teil der Strumpfhose flog davon. Auch von BH und Höschen trennte sie sich. Nackt stand sie vor ihm, lächelte ihn ohne Scheu an. Andrej stand auf und öffnete die Knöpfe seines Hemdes. Die Schnalle seines Gürtels fiel mit leisem Klicken und einem dumpfen Schlag zu Boden, als er seine Hose von sich gleiten ließ. Er packte sie an den Oberarmen und schob sie zur Wand. Mit seinem Körper presste er sie dagegen, seine Brust auf ihrer Brust, sein harter Schwanz an ihrem Unterleib. Er packte ihren Hintern, hob sie hoch und nahm sie. Instinktiv schlang sie ihre Arme um seinen Hals, um Halt zu finden. Doch seine heftigen Stöße bemerkte sie kaum. Eine dicker grauer Kater mit strubbeligem Fell sprang auf den Stuhl, auf dem Andrej eben noch gesessen war. Er legte sich hin und blickte interessiert zu ihnen. Das irritierte Natalia völlig. Sie konnte nur auf die Katze starren. Erst, als Andrej sie wieder losließ, kehrte ihr Bewusstsein wieder in den Raum zurück. Ihre Knie knickten ein. Andrej hielt sie.

»Danke!« Ihr war ganz schwindelig. Hatte er sie so rangenommen? Sie war Profi, sie war vieles gewöhnt. Doch andererseits, Andrej Sorokin war anders als ihre sonstige Kundschaft. Jünger und trainiert. Jeden Tag verbrachte er eine Stunde in seinem Fitness-Raum. Das wusste sie nicht nur aus der Klatschpresse, das konnte sie auch vor sich sehen. Dieser Mann bestand fast nur aus Muskeln.

»Komm mit! Duschen!« Er hielt sie weiter fest und führte sie zu der Tür neben dem Sessel. Der Kater war immer noch da. Er hatte sich zusammengerollt und schnurrte sich in den Schlaf.

»Bay!« Das Badezimmer war noch beeindruckender als das im Umkleideraum. In einer Ecke stand eine Badewanne für zwei, in der anderen ein Whirlpool. Dazwischen eine Dusche und ein Doppel-Waschbecken. Das alles in dunklem Blau, Weiß und Gold. Sie stiegen in die Dusche, ließen sich mit warmen Wasser beregnen und seiften sich gegenseitig ein. Natalia genoss es. Selten konnte sie solch feste Muskeln berühren. Nach der Dusche trockneten sie sich gegenseitig ab. Zärtlich strich sie Andrej über die Brust. Er brummte genussvoll. Knapp über seiner untersten linken Rippe befand sich ein Tattoo.

»Sascha« Sie fuhr die einzelnen Buchstaben mit der Fingerspitze nach. »Wer ist Sascha?«

»Das geht dich überhaupt nichts an!« Seine Stimmung änderte sich so rasch wie das Wetter, ein Sommergewitter an einem heißen Tag. Er packte sie grob am Arm und drehte sie um. Sie konnte sich gerade noch am Waschbecken festklammern, schon nahm er sie von hinten. Ihr Atem wurde schneller. Sie biss die Zähne zusammen. Sie wollte nicht schreien, obwohl er ihr weh tat.

MAXIM

Sie stöhnte, wand sich unter ihm, schrie.

»Mehr! Schneller! Fester!« Er kam ihrer Bitte gerne nach, raus und wieder in sie hinein, stöhnte selbst mehr und mehr. Seine Haare klebten an seiner Stirn, an seinem Nacken. Ein letzter Schrei, er sackte zusammen. Einen Augenblick blieb er noch auf ihr, dann rollte er sich zur Seite, schwer atmend. Minutenlang lag er einfach nur da. Diese kleine Journalistin hatte ihn wirklich herausgefordert. Selten war er nach dem Sex so erledigt. Aber er hatte auch selten so guten Sex gehabt. Valentina war sensationell. Er drehte den Kopf zu ihr hin. Diese Brüste. Er hatte nicht gelogen, um ihr zu schmeicheln. Sie waren wie von einem großen Künstler gestaltet, groß und so fest, dass sie nicht herunterhingen. Perfekt geformt für seine Hände. Er streckte seine Finger aus und strich über ihre weiche Haut. Sie drehte sich zu ihm hin und lächelte. Offensichtlich hatte er sie befriedigen können. Er lächelte zurück, nahm eine Strähne ihrer Haare zwischen seine Finger und spielte mit ihr.

»Es stimmt, wir sind nicht im besten Viertel St. Petersburgs aufgewachsen«, begann er schließlich. »Viktors Mutter musste sich alleine durchschlagen, Andrejs und mein Vater waren ständig betrunken. Andrej hat es besonders hart getroffen. Sein Vater war ein Schläger, der Andrejs Mutter an seine Freunde verkauft hat. Das hat Andrej hart und unbarmherzig gemacht, ja. Aber er hatte Sascha, seinen kleinen Bruder. Die beiden waren ein Herz und eine Seele, hielten sich in ihrer Kindheit und ihrer Jugend. Er hat ihn überall mit hingenommen. Was wir auch angestellt haben, er war dabei. Wir mochten ihn alle. Für Andrej war Sascha sein ein und alles. Er hat es ihm ermöglicht, zu studieren, Jura. Sascha lernte Oppositionelle kennen und schloss sich ihnen an, beteiligte sich an Protesten. Er wurde erschossen, von hinten in den Rücken. Heute wäre Sascha 35 Jahre alt geworden.« Er schwieg einige Augenblicke, starrte zur Decke. »Es stimmt, Andrej hat seinen Reichtum nicht immer mit sauberen Mitteln erworben. Er hat sich ohne Rücksicht nach oben gearbeitet. Er hat Beamte für ihre Dienste bezahlt. Und er tut es immer noch.

Doch Saschas Tod hat ihn verändert. Er unterstützt nun selbst die Opposition. Heimlich, denn wenn er es offen tun würde, wäre er sehr schnell ebenfalls tot. Du kannst in diesem Land alles erreichen, du kannst der Freund des Präsidenten werden, solange du dich nicht in die Politik einmischst.« Er schwieg. Auch Valentina antwortete nicht. Er drehte sich schließlich wieder zu ihr um. »Andrej ist der beste Freund, den ich bekommen konnte. Ich will nicht, dass du schlecht von ihm denkst.« Wieder schwieg er einige Augenblicke. »Unser Leben ist in deiner Hand, meine kleine Journalistin. Ich vertraue darauf, dass du Gegner des Regimes nicht stürzen wirst. Bitte missbrauche mein Vertrauen nicht. Wir tun niemandem Unrecht. Frage Natalia, frage Katja. Keine der Mädchen wird zu irgendetwas gezwungen. Ich kann dir gerne Unterlagen zeigen, die beweisen, dass alles mit rechten Dingen zugeht.« Mit seinem Finger tippte er auf ihre Nasenspitze. »Du kannst mich gerne besuchen, meine kleine Journalistin. Dann können wir diese Nacht wiederholen.« Er grinste frech. Sie blickte ihn einfach nur an.

Was sie jetzt wohl dachte? Er zog sie schließlich zu sich. »Komm her! Einen hochbekommen werde ich heute Nacht vermutlich nicht mehr, aber kuscheln können wir. Sie schmiegte sich an ihn. Arm in Arm schliefen sie ein.

KATJA

Sie versuchte, sich noch weiter in die Ecke zurückzuziehen. Sie war die Übriggebliebene. Die, die niemand wollte. Viktor blieb am Tisch sitzen, leerte langsam sein Glas. Er beachtete sie nicht. Eigentlich war das ganz gut so. Er machte ihr Angst. Er war so groß, bestimmt zwei Meter. Und breit. Nicht nur seine Schultern, auch seine Brust, sein ganzer Oberkörper. Bestimmt war er richtig schwer. Wenn er sich auf sie legen würde … schon der Gedanke daran machte ihr Angst. Die Männer, die sonst mit ihr schliefen, waren meist alt und eher klein. Ein Türsteher-Typ wie Viktor Medwedew hatte noch nie Interesse an ihr gezeigt. Sie schrak zusammen, als der Stuhl über die Dielen kratzte. Viktor stand auf.

»Na, wir können ja nicht den ganzen Abend hier herumsitzen. Komm, lass uns ins Zimmer gehen.« Er nahm sich die Flasche und ein Glas und ging voraus. Katja folgte ihm langsam. Im Zimmer wies er auf eine Sitzgruppe. »Hier, du kannst dich setzen. Ich werde dich nicht anrühren. Aber erzähle es niemandem! Wir haben eine heiße Nacht gehabt, verstanden! Wenn du etwas anderes erzählst, kannst du was erleben.« Er ließ sich auf das Bett fallen und füllte das Glas erneut. Ein riesiges Bett, gleich neben dem offenen Kamin. Neben dem Tisch, den Sesseln und der Couch war es das einzige Möbelstück im Raum. Licht kam von dem 12armigen Kronleuchter, der über dem Tisch hing. Katja setzte sich langsam auf das Sofa, den Kopf gesenkt. Sie sollte zufrieden sein. Er würde sie in Ruhe lassen. Ein wenig erleichtert war sie, sicher. Und dennoch … er wollte sie nicht. Tränen stahlen sich in ihre Augen.

»Bin ich denn so hässlich?« Ihr wurde erst bewusst, dass sie es laut ausgesprochen hatte, als er neben ihr saß und ihr ein Taschentuch reichte.

»Natürlich nicht, Mädchen. Hör auf zu heulen!« Das brachte sie erst recht zum Schluchzen.

»Danke! Tut mir leid.«

»Dir muss doch nichts leidtun. Du hast doch nichts gemacht. Hier, trinke einen Schluck.« Er reichte ihr ein Glas mit Wodka. Zögerlich griff sie danach, doch dann lehrte sie es in einem Zug. Sie schüttelte sich. Und musste plötzlich laut lachen.

»Na siehst du, Mädchen, alles halb so schlimm.« Er lachte mit ihr und füllte das Glas erneut. »Wie kommst du denn auf den absurden Gedanken, dass du hässlich sein könntest?«

»Weil, du willst doch nichts von mir wissen.« Sie kippte das Glas erneut hinunter. »Du sagst, dass ich in der Ecke bleiben soll. Obwohl du mich doch haben kannst. An mir rumfingern und deinen Zipfel in mich reinstecken und so.« Sie hielt ihm das Glas hin. Er goss nach, doch er hörte auf zu lachen, blickte zu Boden.

»Das liegt doch nicht an dir«, flüsterte er.

»Magst du keine Frauen? Und magst du es deinen Freunden gegenüber nicht zugeben?« Katja konnte sich vorstellen, dass es in der harten Männerwelt immer noch ein Problem war. Sie reichte ihm das Glas, das er ihr eben gefüllt hatte.

»Nein, nein.« Er nahm ihr das Glas ab und lehrte es. »Ehrlich gesagt finde ich dich richtig toll. Jetzt, wo du lachst. Aber … ich möchte dir nicht weh tun.« Wieder füllte er das Glas, doch er trank nicht, starrte nur hinein. »Ich kann mich nicht beherrschen«, fuhr er schließlich leise fort. »Wenn ich eine tolle Frau sehe, dann kann ich nicht mehr denken. Dann reißt es mich mit und ich falle über sie her, rücksichtslos. Bei einer Party wie dieser heute musste mal eine ins Krankenhaus, deswegen. So richtig heftig. Die anderen haben gelacht und meinten, ich sei eben ein ganzer Kerl. Die Angelegenheit wurde vertuscht und es floss Geld. Ich kann mir als Sicherheitchef keine Schwäche leisten, aber ich habe das Blut und das blasse, ohnmächtige Mädchen nicht mehr vergessen können.« Er trank das Glas aus. »Deshalb tue ich immer so, aber in Wahrheit will ich keine mehr sehen. Vor allem keine Nackte, die meine wenigen Gehirnzellen ausschaltet. Ich will nicht mehr über eine Frau herfallen. Ich bin ein Monster.«

»Das ist ...« Katja suchte nach Worten. »Du bist ganz bestimmt kein Monster. Sonst würdest du nicht hier mit mir sitzen und reden. Dann wäre ich dir egal.« Sie schwiegen einige Zeit. »Hast du … ich meine, wenn du keine Frau mehr willst … so ganz ohne Befriedigung? Wie kannst du das?«

»Ich mache es mir eben selbst.« Er zuckte mit den Schultern.

»Das ist aber doch traurig.« Sie strich leicht über seinen Handrücken. Er tat ihr leid. »Darf ich das heute Abend übernehmen?«

»Lieber nicht.« Wieder schwiegen sie. Wie konnte sie ihm nur helfen?

»Und wenn du mich nicht siehst? Wenn ich dir die Augen verbinde? Und du dich aufs Bett legst und dich verwöhnen lässt?« Sie nahm die Flasche und füllte ihm das Glas.

»Ich weiß nicht ...«

»Doch, das machen wir.« Katja war Feuer und Flamme. Sie nahm ihm das Glas ab und lehrte es. »Komm mit!« Sie sprang auf, packte ihm am Ärmel und zog ihn mit. Zögerlich folgte er ihr. »Mein Halstuch, ja, das ist ideal. Es ist aus weicher Seide. Setze dich.« Sie stellte sich auf die Zehenspitzen und drückte auf seine Schultern. Seufzend ließ er sich auf das Bett nieder. Sie legte das Tuch um seine Augen und verknotete es.

»Und, siehst du noch etwas?«

»Hmm« Er brummte nur.

»Lege dich zurück, entspanne dich!« Sie drückte ihm sanft auf die Schultern und setzte sich neben ihn. Er legte sich auf das Bett, während sie rasch ihr Kleid auszog. Nur mit diesem wunderbaren schwarzen Negligé bekleidet fühlte sie sich wohl, fühlte sich nicht mehr hässlich. Sie öffnete ihren Zopf und ließ ihre Haare über ihre Brust fallen, bis hinunter zur Taille. Breitbeinig setzte sie sich auf seinen Schoß und begann, sein Hemd aufzuknöpfen. Sie strich über die Haare auf seiner Brust, fuhr mit mit ihren Fingerspitzen bis hinunter zu seinem Bauchnabel.

»Gefällt dir das?«

»Hmm«

»Dann machen wir mal weiter.« Ihre Haare fielen auf seinen Körper, als sie sich niederbeugte und seinen Hals küsste, seine Brust. Leicht zog sie an seinen Brustwarzen, dann wanderten ihre Zunge und ihre Lippen weiter, über jeden einzelnen Strang seiner klar definierten Bauchmuskeln. Bis sie schließlich an dem Bund seiner Hosen ankam. Er stöhnte und streckte seine Arme nach ihr aus, bekam einen Arm zu fassen. Sie hielt seine Hand mit ihrer anderen fest.

»Na, na, du wolltest mich doch meine Arbeit machen lassen. Muss ich dich fesseln?« Er stöhnte und ließ sie los. Sie öffnete den Knopf seiner Hose, den Reißverschluss. »Na, was haben wir denn da?« Wie ein Zelt, das von seinem Penis gehalten wurde, ragte seine Boxershorts in die Höhe. Sie zog Shorts und Hose nach unten. Sein Glied bot bereits einen stattlichen Anblick. Sie musste ihn einfach küssen. Wieder stöhnte er.

»Gefällt dir das?«, fragte sie erneut. Sie wartete nicht auf eine Antwort, streichelte und küsste seinen gar nicht so kleinen Freund. Wieder stöhnte er. Sie küsste und leckte weiter, bis sich Tröpfchen an seiner harten Spitze zeigten. Wieder wanderte ihre Zunge an seinem Körper entlang, dieses Mal weg von seiner Körpermitte, über seinen Bauch und seine Brust, hin zu seinem Hals, zu seinem Ohr.

»Was wünschst du dir?«, flüsterte sie. »Soll ich dir einen blasen? Oder soll ich dich küssen und lecken?«

Er antwortete nicht, stöhnte nur noch einmal. Fest packte er ihre Hüfte und setzte sie auf sich, hob und senkte sie, ließ sein Glied in sie dringen. Rasch fanden sie ihren gemeinsamen Rhythmus und ihren gemeinsamen Höhepunkt.

Minutenlang blieb er noch in ihr, hielt sie an ihren Pobacken fest. Sie streckte sich auf ihm aus. Er ließ sie schließlich los und schob das Tuch von seinen Augen.

»Das nächste Mal darfst du mich fesseln. Ich will dich sehen. Ich will dich schmecken.« Er hielt sie fest und rollte sich zur Seite, trennte sich von ihr. »Ich muss kurz ins Bad.« Nach kurzer Zeit kam er wieder, brachte eine Schüssel und ein Tuch mit. Zärtlich wusch er ihren Schoß. Sie seufzte. Das Wasser war so herrlich warm und tat ihr gut. Er beugte sich über sie und küsste ihren Hügel. Dann stellte er die Schüssel zur Seite, kroch zurück unter die Decke und zog sie an sich.

»Warum arbeitet eine so wunderbare Frau wie du als Prostituierte?«

»Das kann man sich nicht immer aussuchen, im Leben. Ich muss Geld verdienen. Meine Mutter ist schwer krank. Sie arbeitete in einer

Chemiefabrik, wurde dann aber krank und konnte nicht mehr arbeiten. Und die Ärzte kosten Geld. Wir leben auf dem Land, dort gibt es wenig Arbeit. Ich musste in die Stadt, um Geld zu verdienen. Doch so einfach ist es nicht, Arbeit zu finden.«

»Hmm«

Sie schwiegen und schliefen ein.

NATALIA

Langsam richtete sie sich auf. Ihr Hintern schmerzte. Andrej warf das Kondom in den Mülleimer und wischte sich mit einem Tuch über den Schwanz. Er nahm ein neues Tuch aus der Packung mit den feuchten Tüchern und wischte ihr über den Po, erstaunlich sanft. Fast kam es Natalia so vor, als wolle er sich entschuldigen.

»Komm!« Er führte sie hinüber zum Bett, hob sie hoch und legte sie hinein. »Ein Kondom habe ich noch«, flüsterte er, als er sich neben sie legte.

»Nicht schon wieder!«, dachte sie. »Bitte nicht schon wieder.« War dieser Mann denn unersättlich? Dieses Mal schien er es langsam angehen zu wollen. Er beugte sich über sie, küsste an ihrem Hals entlang, eine Seite hinunter, die andere hinauf. Dann ihr Dekolletee, ihre Hände, ihre Arme, ihre Brüste. Jeden Punkt ihrer Haut schien er mit seinen Lippen zu berühren. Und ihr Körper reagierte, ihr Atem wurde schneller, sie stöhnte, wimmerte, schrie. Andrej Sorokin brachte sie tatsächlich dazu, dass sie einen Orgasmus bekam. Und das, noch ehe er in ihr war. Sex mit ihm war in jeder Beziehung anders als mit anderen. Als er schließlich in sie eindrang, tat er es langsam und vorsichtig. Der Mann kam zum dritten Mal an diesem Abend. Bay, andere schafften es nicht ein einziges Mal.

Als er fertig war, rollte er sich zur Seite und starrte zur Decke. Natalia blickte zu ihm hin. Schimmerten da wirklich Tränen in seinen Augen? Das konnte doch nicht sein, oder? Ein

Kerl wie Andrej Sorokin? Doch es bestand kein Zweifel. Auch ein Andrej Sorokin hatte Gefühle.

KATJA

Katja fühlte sich rundum geborgen. Sicher hatte sie etwas Schönes geträumt. Sie wollte nicht die Augen öffnen und aus diesem Traum erwachen. Bartstoppeln kratzten an ihrer Wange, ehe Lippen sie sanft berührten.

»Guten Morgen, meine Schöne!« Es war also doch kein Traum gewesen. Lächelnd schaute sie auf.

»Ich habe mir etwas überlegt«, fuhr Viktor fort. Ich habe Arbeit für dich.« Er strich über ihren Arm. »Meine Mutter hat ihr ganzes Leben schwer gearbeitet, um mich durchzubringen. Sie ist nicht mehr die Jüngste. Aber Hilfe will sie nicht annehmen. Wenn ich aber sage, dass du meine Freundin bist, dann wird sie dich mit Freuden bei sich zuhause aufnehmen. Und du kannst für sie sorgen. Undercover sozusagen.«

»Viktor, ich ...«

»Sage jetzt nichts. Ich mache das wirklich aus Eigennutz. Du bist eine kluge Frau, bei der meine Mutter gut aufgehoben wäre. Und ich möchte dich dafür bezahlen. Die Arztkosten für deine Mutter übernehmen. Ich möchte, dass du dir keine Sorgen mehr machen musst.«

»Viktor, das ist so lieb von dir.«

»Wie gesagt, purer Eigennutz. Und … nun ja … du sollst nicht aus Dankbarkeit mit mir schlafen, aber vielleicht hattest du auch Spaß. Ich bin gerne bereit, mich wieder fesseln zu lassen. Auch wenn wir nüchtern sind.«

Sie lächelte, zog ihn zu sich herunter und küsste ihn.

NATALIA

Durch die Fenster schien die Sonne, als sie die Augen aufschlug. Andrej stand im Bademantel am Fenster und rauchte. Dieser graue Kater … er war auf das Bett gesprungen und kuschelte sich an sie. Scheu strich sie über sein Fell.

»Er mag dich!« Andrej schnippte die Asche von seiner Zigarette. »Du gefällst mir, du hast mich durchaus beeindruckt, heute Nacht. Andere an deiner Stelle sind schon spätestens nach dem zweiten Mal heulend zusammengebrochen. Du hast keine Angst vor mir. Ich habe schon mit Igor gesprochen, er wird deine Sachen hierher bringen. Du wirst hier bleiben, wirst bei mir wohnen. Und eine Kreditkarte von mir bekommen. Du kannst dir alles kaufen, was du möchtest. Dafür wirst du mir alleine zur Verfügung stehen.«

»Was?« Im ersten Moment wollte sie protestieren. Sie war niemandes Eigentum und er konnte nicht über ihr Leben bestimmen, nur, weil er ihr Arbeitgeber war. Doch dann schwieg sie. War es nicht das, was sie sich gewünscht hatte? Einen Goldesel, der sie versorgte? Wenn sie das wollte, dann war Andrej der Beste, den sie bekommen konnte. Und die Tränen heute Nacht hatten bewiesen, dass er nicht so kalt war, wie er tat. Sie würde herausfinden, wer dieser Sascha war, der zweifelsohne eine Wunde in Andrej hinterlassen hatte. Und daran arbeiten, dass sie heilen konnte. Sie wollte mehr werden als das Sexobjekt eines Andrej Sorokin. Und sie war sicher, dass sie das erreichen konnte.

VALENTINA

Die Kleidung, mit der sie gekommen war, lag noch immer in dem Umkleideraum. Sie wollte sie nicht mehr anziehen und hatte sich für eine Jeans und eine einfache Bluse entschieden. Maxim bestand darauf, dass sein Chauffeur sie in die Stadt zurück fuhr.

»Ich werde dich ganz sicher nicht mit diesem schmierigen Igor fahren lassen.« Er begleitete sie bis zu den Eingangsstufen. »Ich werde dir eine Nachricht zukommen lassen. Wir können uns nur heimlich treffen. Es wäre für uns beide nicht förderlich, wenn herauskäme, dass ich mit einer Regierungskritikerin ins Bett steige.« Dieses freche Grinsen, wer konnte dem schon widerstehen? Sie schaute zur Seite.

»Maxim, ich … das geht mir zu schnell … außerdem bin ich in einer Beziehung … mein Kollege ...«

»Das ist eine prima Tarnung. Ich werde auch versuchen, nicht eifersüchtig zu sein. Nun, ganz gelingen wird mir das nicht, muss ich zugeben.« Er küsste sie flüchtig auf die Wange.

»Maxim, ich ...«

»Scht! Schau mir in die Augen und sage mir, dass du mich nicht wiedersehen willst.«

»Ich ...« Sie konnte es nicht. »Mistkerl!«

»Ganz genau, ich bin ein liebenswerter Mistkerl.« Er grinste sie an und zog sie in seine Arme. »Pass bitte auf dich auf!«, sagte er, plötzlich erstaunlich ernst. »Du spielst ein gefährliches Spiel, das weißt du sicher. Ich kann es dir nicht verbieten und will es auch nicht. Ich kann dich nicht vor allem schützen, auch wenn ich es gerne täte. Schaue immer über deine Schulter, wenn du unterwegs bist. Und iss nur, was du dir selbst zubereitet hast.«

»Maxim ...« Sie wollte ihm sagen, dass sie kein kleines Kind mehr war. Dass sie durchaus um die Gefahren wusste. Und dass sie durchaus in der Lage war, sich selbst zu schützen. Doch sie spürte die Sorge hinter seinen Worten. Konnte das wirklich sein? Machte sich dieser leichtfertige Charakter ernsthaft Gedanken um sie? War er vielleicht doch anders, als sie immer gedacht hatte? Hatte er das nicht schon heute Nacht bewiesen, als er ihr von Andrej erzählt hatte? Von seiner Sorge um seinen Freund? Maxim Orlow war definitiv anders als er in der Öffentlichkeit wirkte. Menschen, die ihm am Herzen lagen, beschützte er, wo immer er konnte. Und er stand loyal zu ihnen. Zu diesen Menschen gehörte sie jetzt auch. Scheu gab sie ihm einen Kuss auf die Wange.

»Valentina ...« Er berührte ihre Lippen mit seinen, presste sie an sich, verstärkte den Druck. Seine Zunge fuhr an ihren Lippen entlang. Sie öffnete sie, ließ ihre Zunge mit seiner spielen. Viel zu rasch fuhr der Chauffeur vor. Sie mussten sich trennen. Langsam ging sie die Stufen hinunter. Maxim blieb auf dem obersten Absatz zurück. Sie schaute sich nicht mehr um. Aber ja, sie wollte ihn wiedersehen.

Bleibt zu erwähnen, dass die Journalistin Valentina Kalinina in den nächsten Monaten einige Skandale aufdeckte. Dass die Männer, die diesen Enthüllungen zum Opfer fielen, Konkurrenten von Andrej Sorokin waren, seine Gegner gar, fiel zunächst niemandem auf. Andrej Sorokin, den sie in der Vergangenheit bereits öfter in ihren Artikeln angegriffen hatte, wurde nicht mehr erwähnt.

Aber das ist eine Geschichte, die an anderer Stelle erzählt werden wird.

Danke

liebe Leser, dass Sie das Buch gekauft und
es bis hierher geschafft haben.

Wenn Ihnen die Geschichte gefallen hat,
freue ich mich über eine Rückmeldung/eine
Rezi.

Gerne können Sie mich auf meiner
Autorenseite und auf Facebook besuchen

https://mollyschreibtheiss.wordpress.com